DEMANDE

D'UNE PENSION VIAGÈRE

POUR

LE PRINCE JÉROME BONAPARTE

(PRINCE DE MONTFORT)

ADRESSÉE

AU ROI DES FRANÇAIS,

AU MINISTÈRE ET AUX CHAMBRES LÉGISLATIVES.

FÉVRIER 1844.

PARIS.

TYP. LACRAMPE ET COMP., RUE DAMIETTE, 2.

1844

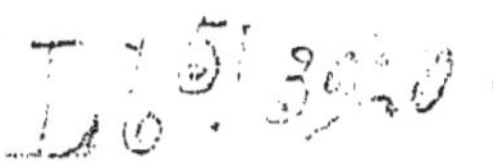

EXPOSÉ.

Le prince Jérôme Bonaparte se croit fondé à se considérer comme créancier du gouvernement français.

Ses prétentions sont appuyées sur les faits suivants.

§ Ier.

CRÉANCE DE DEUX MILLIONS PROVENANT DE LA LISTE CIVILE DE L'EMPEREUR.

A l'époque du 3 mai 1815, des sommes importantes étaient dues à l'Empereur pour sa liste civile, et aux princes de sa famille, pour arrérages de leurs dotations. Un décret qui porte la date de ce même jour liquida cette dette.

Il était dû à l'Empereur. . .   8,680,622 fr. 25 c.
Aux princes et princesses.   3,965,955   93

Ensemble . . . . .   12,646,578 fr. 18 c.

Cette somme aurait pu être prise en numéraire dans les coffres de l'État; l'Empereur préféra l'y laisser pour faire face aux besoins de l'armée.

Pour régulariser la liquidation par d'autres moyens, il intervint un décret du 31 mars 1815, qui ordonna que les sommes dont il s'agit seraient payées immédiatement par le Trésor sur les ordonnances de l'intendant général de la couronne, savoir :

Pour quatre cinquièmes, en délégations sur les bois à vendre, en exécution de la loi du 23 septembre 1814, etc. ;

Pour le dernier cinquième, en déclarations de versements numéraires, à valoir sur le dernier cinquième du prix desdits bois.

Ces délégations et déclarations étaient des valeurs négociables par voie d'endossement.

Le paiement ainsi ordonné, tant pour les sommes dues à l'Empereur sur sa liste civile, que pour celles dues aux princes pour leurs dotations, fut effectué. Au lieu d'être fait en numéraire, il eut lieu en valeurs du Trésor ; mais ce qu'il convient de remarquer, c'est que ce paiement fut régulier et inattaquable.

C'était le temps où l'on préparait la campagne qui se termina à Waterloo ; le ministre de la Guerre, Carnot, avait déclaré à l'Empereur que les ressources du Trésor ne suffisaient pas aux besoins de l'armée : Napoléon y suppléa sur ses propres ressources ; il fit en outre un appel aux membres de sa famille, qui s'exécutèrent généreusement ; et l'Empereur, pour les indemniser de leurs sacrifices, partagea équitablement entre eux les huit millions de délégations et de déclarations sur les bois de l'État, qu'il avait reçus du Trésor pour son compte personnel.

Voici quel fut le sort de ces valeurs :

A peine remonté sur le trône, Louis XVIII confisqua le paiement des **12,646,578** fr. **18** c.

L'ordonnance de confiscation, en date du 16 juillet 1815, est ainsi conçue :

« Le paiement des **12,646,578** fr. **18** c., fait par
« le Trésor public, les 7, 8 et 9 juin, pour la liste
« civile, avec imputation sur le crédit de la dette pu-
« blique de 1814, en exécution du décret du 31 mai
« dernier, est annulé. Les délégations et déclarations
« admissibles en paiement des bois de l'Etat, et dé-
« livrées par le Trésor sous les numéros et les dépar-
« tements ci-après désignés, sont également annu-

« lées, et devront être rapportées sans retard au
« Trésor par tous détenteurs. »

(Suit la désignation des numéros et des départe-
ments.)

Cette ordonnance du roi Louis XVIII, rendue
quatre jours après son retour à Paris, ne peut
être considérée que comme un acte de réaction politique.

Tant que dura la Restauration, force fut de se
résigner. Après la révolution de Juillet, la famille de
l'Empereur a réclamé tant le remboursement de
cette créance que celui de quelques autres. Sous le
ministère de M. Casimir Périer, il avait été décidé
que l'on demanderait un crédit législatif pour transi-
ger. Des événements survenus en Italie, et dans
lesquels se trouvèrent mêlés les deux fils du comte
de Saint-Leu, refroidirent les bonnes dispositions du
Gouvernement.

Toutefois, pour éviter l'application d'une loi du
4 mars 1834, portant que la liquidation des créances
antérieures au 1er janvier 1816 serait définitivement
close au 1er juillet 1834, de nouvelles réclamations
furent adressées au ministre des Finances. Ce ministre les rejeta toutes par le moyen de la déchéance.

Pourvoi fut formé au conseil d'État. On démontra
qu'en l'espèce, la déchéance n'avait pas été encou-
rue :

1° Parce que, en règle générale, la déchéance ne s'applique qu'à des créances dont on n'a pas réclamé, en temps utile, la liquidation : or, la famille impériale avait été non-seulement liquidée, mais encore payée.

2° Parce que, dans le cas en litige, l'exil de Napoléon à Sainte-Hélène, et le bannissement des membres de sa famille, prononcé par la loi du 12 janvier 1816, constituaient, pour ces derniers, une impossibilité matérielle de faire valoir leurs droits.

Le conseil d'État admit ces principes. Il a, en conséquence, rejeté le moyen de déchéance invoqué par le ministre des Finances, mais, quant au fond, il a renvoyé les parties à se pourvoir devant l'autorité politique.

Le prince Jérôme Bonaparte doit revendiquer, pour sa part, une somme de *deux millions* sur les valeurs ci-dessus mentionnées.

§ II.

ARRÉRAGES DE RENTES PROVENANT DE LA SUCCESSION DE LA PRINCESSE PAULINE BORGHÈSE.

La princesse Pauline Borghèse était propriétaire d'inscriptions de rentes 5 p 0/0 sur le grand-livre

de la dette publique de France, s'élevant ensemble à
670,000 fr. La loi du 12 janvier 1816 la priva de
ces rentes ; mais, au moment de sa promulgation,
plusieurs semestres échus, et que la princesse n'a-
vait point perçus, se trouvaient dans les coffres du
Trésor. Ces arrérages s'élevaient ensemble à la
somme de 1,518,052 fr. 77 c. Cette somme était
évidemment la propriété de la princesse, car elle aurait pu la toucher avant la loi, laquelle ne dispose
que pour l'avenir et ne peut avoir d'effet rétroactif.

Des réclamations ayant été faites par la maison
Laffitte dans l'intérêt de la princesse Borghèse, le
comité des finances et le conseil d'administration de
la régie des domaines conclurent par trois fois au
paiement.

Le conseil des ministres de 1821 essaya d'inter-
préter la loi de 1816 dans un sens rétroactif, mais le
véritable motif de sa décision fut puisé dans l'ab-
sence de fonds et dans la nécessité de demander un
supplément de crédit.

Ce déni de justice fut dénoncé au conseil d'État,
qui, par décision du 1er mai 1822, rejeta l'instance,
en se fondant sur ce qu'elle touchait à une question
politique, et que, par conséquent, *le pouvoir politique
était seul apte à prononcer.*

Jusqu'à la fin de la Restauration, il ne fut plus
produit aucune demande dans l'intérêt de la prin-

cesse Borghèse; il n'était pas possible alors d'entrer en lutte avec le parti pris qui s'opposait aux réclamations de la famille impériale. Après la révolution de Juillet, de nouvelles demandes furent formulées.

M. le conseiller d'État Maillard fut chargé, sous le ministère de M. Casimir Périer, de faire un rapport. Ce magistrat, se fondant sur le principe sacré de la non-rétroactivité des lois, conclut au paiement.

Telle était la position des choses, et la somme nécessaire à l'extinction de cette dette eût été infailliblement comprise dans le crédit législatif que M. Casimir Périer se proposait de demander. Malheureusement les événements de l'Italie auxquels on a fait allusion plus haut vinrent changer ces dispositions.

Plus tard, une action fut intentée au nom des héritiers de la princesse Borghèse contre le Trésor, devant le tribunal civil de la Seine. A cette occasion, des consultations remarquables furent délibérées par MM. Odilon Barrot, Philippe Dupin et Delangle.

Un jugement du 11 mars 1835 renvoya de nouveau l'affaire au conseil d'État, en interprétation de sa décision de 1822.

Le conseil d'État a de nouveau prononcé, en date du 25 décembre 1838. Comme dans la précédente instance, il a déclaré qu'il fallait en référer *au pouvoir politique.*

Tel est l'état actuel de la question ; et en ce qui concerne le prince Jérôme Bonaparte, il s'y trouve intéressé comme héritier, *pour un tiers*, de sa sœur, madame la princesse Pauline Borghèse.

§ III.

RÉCLAMATIONS DE LA PRINCESSE CATHERINE DE WURTEMBERG, REINE DE WESTPHALIE.

Lors des événements qui firent descendre la princesse Catherine de Wurtemberg du trône de Westphalie, cette princesse tenta de faire valoir les droits stipulés en sa faveur, tant par son contrat de mariage que par le traité conclu à Fontainebleau le 11 avril 1814.

Le premier de ces deux actes, dressé le 1er septembre 1806, portait, art. 9 :

« S. M. l'empereur des Français assignera à la « princesse Frédérique-Catherine-Sophie-Dorothée « de Wurtemberg, et pour son douaire, une rente « annuelle de cent vingt mille francs, avec une ha-« bitation convenable à son rang, laquelle rente sera « hypothéquée sur les biens formant l'apanage de « S. A. I. le prince Jérôme. »

Cet apanage se composait d'un million de francs de rente pris sur le domaine extraordinaire.

Devenu roi de Westphalie, le prince conserva cet apanage, dont il abandonna la jouissance à sa mère.

Le traité de Fontainebleau assignait un revenu de 2,500,000 francs à la famille de l'empereur Napoléon. Le roi et la reine de Westphalie furent compris dans la répartition de cette somme pour celle de 500,000 francs de rente, et aucun acte subséquent n'a changé cette disposition.

Si les événements ont pu déchirer le traité de Fontainebleau en ce qui concerne le prince Jérôme ; si, selon les principes de la Restauration, sa glorieuse participation à l'héroïque résistance de 1815 l'a fait déchoir de sa part, il n'en pouvait rien rejaillir sur la princesse sa femme, et elle était fondée à réclamer 250,000 fr. de rente, d'autant plus que l'impératrice Marie-Louise et le prince Eugène de Leuchtenberg conservaient à la même époque les avantages qui leur étaient assurés par le même traité.

La reine de Westphalie échoua dans toutes ses réclamations.

Tous ces droits méconnus, tant d'autres pertes consommées l'une après l'autre, ont porté un coup fatal à la fortune du prince Jérôme.

CONCLUSION.

De ce qui précède il résulte que le prince Jérôme Bonaparte est réellement fondé à se croire créancier du Gouvernement français, tant pour la somme de deux millions, représentée par une valeur pareille en délégations, et en déclarations du Trésor, que pour celle de 506,000 fr. environ, représentant ses droits sur les arrérages de rentes dont le Trésor public est demeuré détenteur au préjudice de la princesse Pauline Borghèse, sans parler des avantages que la non-exécution du traité de Fontainebleau lui a ravis.

Dans cette position, le prince, qui ne peut perdre la légitime confiance qu'il place dans la justice de sa réclamation, et qui est en même temps sous le poids de circonstances de fortune désastreuses, a pensé à s'adresser de nouveau au gouvernement du Roi. Des renseignements dignes de toute son attention lui ont fait connaître antérieurement que si le ministère des Finances reculait devant l'initiative d'une demande de crédit aux Chambres, il n'en serait pas de même du moment où un vote public provoqué, soit par une pétition, soit par une proposition, se serait manifesté dans l'une ou dans l'autre des assemblées législatives. Le prince Jérôme aurait donc pu user du droit parlementaire de pétition ; mais, dans une ère de justice et de réparation comme celle qui régit la France, il eût craint de faire injure à l'un des pouvoirs constitutionnels, s'il se fût adressé aux autres. C'est donc au roi des Français, au Gouvernement et aux deux Chambres, qu'il soumet les considérations suivantes.

Lorsque, sur l'initiative du Gouvernement, les Chambres accordèrent, il y a peu d'années, une pension viagère de cent mille francs à une sœur de l'empereur Napoléon, madame la comtesse de Lipona, cette munificence parut consacrer en principe que la France entendait entourer de sa sollicitude les membres de la famille de l'Empereur, et les secourir dans leur adversité.

Ce qui s'est passé depuis, les hommages publics rendus par le Roi, le Gouvernement, les Chambres et la Nation à la mémoire de l'Empereur, confirment surabondamment ce généreux principe.

La pension accordée à la comtesse de Lipona, payée à peine pendant quelques mois, se trouve éteinte par la fin prématurée de cette princesse.

Parmi les trois frères qui survivent seuls de toute la famille de l'Empereur, il en est deux qui jouissent d'une existence à peu près conforme à la position que les événements leur ont faite ; mais le prince

Jérôme Bonaparte est loin d'être aussi favorisé. Privé par des revers successifs de *toute* sa fortune personnelle, dépouillé de ses dotations, n'ayant pu jusqu'à ce jour faire accueillir auprès du Gouvernement français ses justes réclamations pour des sommes importantes, le prince Jérôme a épuisé *tous les sacrifices,* et n'a plus d'autre perspective, pour sa vieillesse, qu'une honorable pauvreté.

Si le Gouvernement a pris en considération la situation de l'ancienne reine de Naples, à plus forte raison croira-t-il devoir accorder son bienveillant intérêt au prince Jérôme, frère de l'Empereur, prince toujours fidèle à la France, et beaucoup plus disgracié de la fortune que sa sœur n'a jamais pu l'être.

Le prince a atteint l'âge de soixante ans; sa position comme père de famille est digne d'intérêt. Ses deux jeunes fils se ressentent de ses adversités et n'attendent aucune espèce de fortune de l'avenir.

La France récompense noblement tous ceux qui l'ont servie. Les plus modestes employés de l'État jouissent dans leurs vieux jours d'une pension qui suffit à l'aisance de la vie; bien plus, le Gouvernement, dans sa paternelle sollicitude, ne fait aucune distinction d'époque ou de drapeau dans la rémunération des services rendus au pays.

Le prince Jérôme Bonaparte peut présenter à la France d'autres titres que ceux qu'il tient de sa naissance. Ce n'est pas seulement comme frère de l'Empereur, objet de son affection particulière, et n'ayant jamais abandonné sa fortune, bonne ou mauvaise, qu'il se croit des droits à la sollicitude du Gouvernement et du pays : le prince Jérôme a servi la France de son épée. Officier de marine estimé dans sa jeunesse, on n'a pas oublié qu'il eut à négocier à Alger la reddition d'un grand nombre de captifs français, et qu'il remplit cette mission avec honneur, en épargnant à la France la rançon de deux millions qu'elle s'attendait à fournir. Lorsque la fortune l'eut placé sur un trône, ce prince sut rendre léger et faire bénir un joug supporté ailleurs impatiemment. Sa conduite dans les désastres de la France, son attitude près de l'Empereur à Waterloo, où il resta le dernier sur le champ de bataille, lui concilièrent l'estime générale. Et s'il faut parler de ses principes politiques depuis 1815, on peut dire que, plus qu'aucun autre membre de la famille de Napoléon, le prince Jérôme s'est distingué par sa ligne de conduite toujours calme et empreinte de respect pour les faits et les institutions qui régissent la France, et qu'il n'hésite pas à reconnaître par ses actes.

Dans cette situation, le prince Jérôme Bonaparte a l'espoir que le gouvernement du Roi ne se refusera pas à proposer aux Chambres, à la présente session, comme compensation des réclamations mentionnées ci-dessus, la continuation, en sa faveur, de la pension viagère, incessible et insaisissable, qui avait été accordée à madame la comtesse de Lipona.

F I N.